月亮，生日快乐

文·图　法兰克·艾许

译　高明美

少年儿童出版社

图书在版编目 (CIP) 数据

月亮，生日快乐 / (美) 艾许(Asch, F.) 著；高明美译.
—上海：少年儿童出版社，2005.11
(信谊世界精选图画书)
ISBN 7-5324-6736-8

I.月... II.①艾... ②上... III.图画故事—美国—现代 IV. I712.85
中国版本图书馆CIP数据核字(2005)第136058号
著作权合同登记号 图字：09-2005-527号

月亮，生日快乐

文·图 / 法兰克·艾许 译 / 高明美 总策划 / 张杏如 责任编辑 / 马永杰
技术编辑 / 万友明 特约编辑 / 邱德懿 刘维中 特约美编 / 黄锡麟 陈素蓁
出版发行 / 上海世纪出版股份有限公司 少年儿童出版社
地址 / 上海延安西路1538号 邮编 / 200052
网址 / www.jcph.com 电子邮件 / postmaster@jcph.com
经销 / 新华书店 印刷 / 中华商务联合印刷（广东）有限公司
开本 / 889×1194 mm 1/20 印张 / 2
版次 / 2006年2月第1版 2006年2月第1次印刷
书号 / ISBN 7-5324-6736-8/I·2409 定价 / 25.80元

版权所有 侵权必究

一天晚上，小熊抬头望着天空，
心里想：送一个生日礼物给月亮，
不是挺好的吗？

可是，小熊不知道月亮的生日是
哪一天，也不知道该送什么才好。
于是，他爬上一棵高高的树，
去和月亮说话。
"你好，月亮！"他大叫着。
月亮没有回答。
小熊想：也许我离得太远了，
月亮听不到。

于是，他划船渡过小河……

走过树林……

爬到高山上。

小熊心里想：现在我离月亮近多了，

他又开始大叫：

"嗨！"

这一次从另一个山头传来了回声：

"嗨！"

小熊高兴极了。

他想：哇，好棒！

我在和月亮说话了呢！

"告诉我，"小熊问，

"你的生日是哪一天？"

"告诉我，你的生日是哪一天？"

月亮回答说。

"嗯，我的生日刚刚好就是明天耶！"
小熊说。
"嗯，我的生日刚刚好就是明天耶！"
月亮说。
"你想要什么生日礼物呢？"
小熊问。
"你想要什么生日礼物呢？"
月亮问。
小熊想了一会儿，然后回答说：
"我想要一顶帽子。"
"我想要一顶帽子。"月亮说。
小熊想：太棒了！现在我可知道该
送什么给月亮了。

"再见了，"小熊说。
"再见了，"月亮说。

小熊回到家，就把小猪储钱罐里的钱，
全部倒了出来。

然后他上街去……

为月亮买了一顶漂亮的帽子。

当天晚上，他把帽子挂在树上，
好让月亮找到。

然后他在树下等着，看月亮慢慢地

穿过树枝，爬到树枝头，戴上帽子。

"哇！"小熊高声欢呼着。

"戴起来刚刚好耶！"

小熊睡觉的时候，帽子掉到地上了。

第二天早上，小熊看到门前有一顶帽子。

"原来月亮也送我一顶帽子！"他说着，
就把帽子戴起来。他戴起来也刚刚好耶！

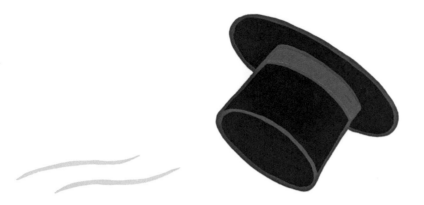

就在这个时候，一阵风把小熊的帽子吹走了。

他在后面追着……

但是，帽子却飞走了。

那天晚上，小熊划船渡过小河……

走过树林⋯⋯

去和月亮说话。

好一阵子，月亮都不说话，
小熊只好先开口了。
"你好！"他叫着。
"你好！"月亮回答了。
"我把你送我的那顶漂亮的帽子
搞丢了，"小熊说。
"我把你送我的那顶漂亮的帽子
搞丢了，"月亮说。
"没关系，我还是一样喜欢你！"
小熊说。
"没关系，我还是一样喜欢你！"
月亮说。

“生日快乐！”小熊说。

“生日快乐！”月亮说。